Deseo que cada
persona que lea este
libro pueda extraer su verdad...
sabiduría su verdad... un m...
esencia y obtengo un m...
aprovechamiento de su paso
por este plano.

JOAQUÍN ARGENTE

Me doy
permiso
para…

EDICIONES OBELISCO

Si este libro le ha interesado y desea que le mantengamos informado de nuestras publicaciones, escríbanos indicándonos qué temas son de su interés (Astrología, Autoayuda, Ciencias Ocultas, Artes Marciales, Naturismo, Espiritualidad, Tradición...) y gustosamente le complaceremos.

Puede consultar nuestro catálogo en
www.edicionesobelisco.com

Colección Libros singulares
ME DOY PERMISO PARA...
Joaquín Argente

1ª edición: noviembre de 1999
3ª edición: abril de 2007

Maquetación: *Marta Ruescas*
Diseño de cubierta: *Enrique Iborra*

© 1999, Joaquín Argente
(Reservados todos los derechos)

© 2006, Ediciones Obelisco, S.L
(Reservados los derechos para la presente edición)

© Ilustraciones tomadas de El códice de Jaume Honorat Pomar (c. 1550-1606): Plantas y animales de el viejo mundo y de América
(Reservados todos los derechos)

Edita: Ediciones Obelisco S.L.
Pere IV, 78 (Edif. Pedro IV) 3ª planta 5ª puerta
08005 Barcelona-España
Tel. 93 309 85 25 - Fax 93 309 85 23

Paracas 59, Buenos Aires
C1275AFA República Argentina
Tel. (541 -14) 305 06 33 Fax (541 -14) 304 78 20

E-mail: obelisco@edicionesobelisco.com

ISBN: 978-84-9777-259-4

Introducción

Muchas de las enfermedades y angustias
que sufrimos en la vida cotidiana
tienen una causa realmente muy simple:
estamos sobrecargados.

No nos educaron para saborear la vida
y disfrutarla, sino para llevar
un pesado fardo psicológico y físico
de supuestas obligaciones:
"Deberías hacer esto",
"Tendrías que actuar de esta forma",
"Has de ser correcto",
"Hay que hacerlo todo lo mejor posible";
"Debes ser perfecto y sin
contradicciones".

Eso nos dijeron. Y muchas más órdenes.

Son demasiadas exigencias
que hemos convertido
en autoexigencias.

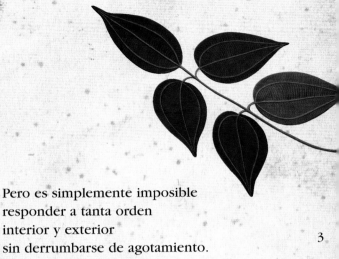

Pero es simplemente imposible
responder a tanta orden
interior y exterior
sin derrumbarse de agotamiento.

Se trata, pues, de empezar a permitirnos
echar lastre por la borda, andar más ligeros.
La vida es breve –¡y tan breve!–
pero es un camino radicalmente bello.
Cuando una persona
comienza a tirar peso,
a rechazar tantas órdenes exteriores
que no se corresponden
con sus anhelos profundos,
le cambia incluso el rostro:
se la ve rejuvenecer.

Me doy permiso para
separarme y no estar con personas
que quieren controlar mi tiempo:
que me exigen explicaciones,
justificaciones,
argumentos,
incluso para defender
mi necesidad de parar y descansar.

Me doy permiso, después del trabajo
y haberme ganado el pan,
para relajarme,
y hacer o no hacer nada
sin tener que darle cuentas a nadie.

Mi tiempo es mi vida
y mi vida es mía:
a nadie le debo explicaciones.

Me doy permiso para
no andar corriendo por la vida
–sin vivirla–
atrapado por un trabajo estresante
o por una familia exigente.

Me doy permiso para hacer las cosas
a mi propio ritmo y no acepto
las presiones y las opresiones
de los que quieren descargar sobre mí
sus propias responsabilidades.

Yo hago lo mío
y los otros
deben hacer lo suyo.

6

Me doy permiso para
volverme atrás
y cancelar cualquier compromiso
que haya adquirido.
Naturalmente, siguiendo
una pauta interior de equilibrio
y no dando vuelcos
de una decisión a otra.

Decido darme la posibilidad
de cancelar compromisos
que con frecuencia he ido aceptando
y acumulando por presiones
y que luego no puedo cumplir
porque son excesivos.

Me doy permiso
para no autoesclavizarme
con esos compromisos y me desdigo
de ellos sin sentirme mal
ni culpable.

Decido no asumir más
compromisos
que los que mi cuerpo y mi mente
puedan sobrellevar con ligereza.

Me doy permiso para

separarme de personas
que me traten con brusquedad,
presiones
o violencia.
No acepto ni la brusquedad
ni mucho menos la violencia
aunque vengan de mis padres
o de mi marido, o mujer,
ni de mis hijos,
ni de mi jefe,
ni de nadie.

Las personas bruscas
o violentas
quedan ya,
desde este mismo momento,
fuera de mi vida.

Soy un ser humano
que trata con consideración
y respeto
a los demás:
merezco también
consideración
y respeto.

8

Me doy permiso para

no obligarme a ser
"el alma de la fiesta",
el que pone el entusiasmo
en las situaciones, ni ser la persona
que pone el calor humano en el hogar,
la que está dispuesta al diálogo
para resolver conflictos
cuando los demás
ni siquiera lo intentan.

No he nacido para entretener
y dar energía a los demás
a costa de agotarme yo:
no he nacido para estimularles
con tal de que continúen a mi lado.

Mi propia existencia, mi ser,
ya es valioso.
Si quieren continuar a mi lado
deben aprender a valorarme.
Mi presencia ya es suficiente:
no he de agotarme haciendo más.

9

Me doy permiso para
no tolerar exigencias
desproporcionadas
en el trabajo.
No voy a cargar
con responsabilidades
que corresponden a otros
y que tienen tendencia
a desentenderse.

Si las exigencias
de mis superiores
son desproporcionadas
hablaré con ellos
clara y serenamente.

Me doy permiso para
no hundirme las espaldas
con cargas ajenas.

Me doy permiso,
en mis relaciones íntimas, para
no hacer nada que no quiera hacer.
No he nacido para complacer
a mi pareja:
prefiero que coincidamos en el deseo.

Hablando podemos solucionarlo y,
si no acepta mis decisiones y ritmos,
es un problema que debe afrontar
y solucionar
mi pareja, no yo.

No me forzaré y, por tanto,
tampoco dejaré nunca que me
fuercen.
No acepto que me empujen.

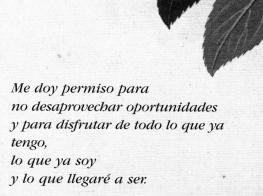

Me doy permiso para

no ver la vida
tal como me dijeron en la infancia:
como carencias, miedos y pecados.

No creo que Dios quiera verme
sufriendo
y abrumado de privaciones.
Veo al Dios del cosmos,
el gran Dios de las estrellas,
los planetas,
los océanos y los árboles,
como un proceso de expansión
y de abundancia.

*Me doy permiso para
no desaprovechar oportunidades
y para disfrutar de todo lo que ya
tengo,
lo que ya soy
y lo que llegaré a ser.*

12

Me doy permiso para

dejar que se desvanezcan los miedos
que me infundieron mis padres
y personas que me educaron.

El mundo no es sólo hostilidad,
engaño o agresión:
hay también mucha belleza
y alegría inexplorada.
Decido abandonar los miedos
conocidos
y me arriesgo a explorar las aventuras
por conocer.

Más vale lo bueno
que ya he ido conociendo
y lo mejor
que aún está por conocer.
Voy a explorar sin angustia.

13

A pesar de los mensajes
que me inculcaron en la infancia,
me doy permiso para
rechazar la idea de que el mundo
es un valle de lágrimas y privaciones.

Mi vida sexual y amorosa,
mis relaciones afectivas y de amistad
y mis relaciones laborales
no van a estar condicionadas
por la miseria y la escasez.

Me doy permiso para
que me encuentren
quienes van a saber amarme
y ser nobles y leales amigos:
actuaré con la misma nobleza
y lealtad que exijo.

Basta de miserias:
hay rosas y jazmines para todos.

Me doy permiso para
desarrollar mis capacidades creativas.
Me permito empezar a escribir poemas
o relatos, o a pintar, o esculpir, cantar,
descubrir, hacer música:
vivir.

No acepto en mi entorno a personas
frustradas o quejumbrosas,
indecisas, bloqueadas,
ni a críticos mordaces
que no se atreven a fluir.

Mi creatividad,
en cualquier campo que yo elija,
es válida porque es expresión mía.

¡Que se alejen de mí
los desanimadores
y creadores de problemas estériles:
no dedico mi energía
a convencerles ni a justificarme
sino a crear!

15

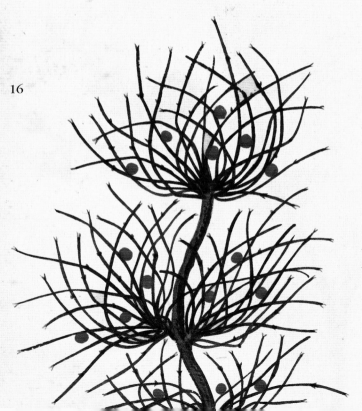

16

Me doy permiso para
no tener miedo ante lo desconocido:
¿por qué habría de ser malo o difícil
lo que me espera?
¿para qué me han hecho creer eso?
¿acaso para controlarme
y mantenerme atrapado?

Compruebo diariamente
que muchas cosas
que me parecían difíciles
o imposibles
se resuelven fácilmente.
Mi ahora y mi futuro
me preparan
situaciones fértiles,
grandes árboles serenos,
benignas
y acogedoras sombras
y también
días de luz consolidada.

Me doy permiso para
respirar plenamente
y para espirar
dejándome fluir espontáneamente
en mi vida cotidiana.
Confío en lo que hay en mi interior,
que no puede ser malo:
son fulgores de Dios,
fragmentos de estrellas.

¡Fuera los que dicen que dentro de mí
puede haber algo pecaminoso,
sucio o malo!

Me acepto íntegramente:
algún día, en algún momento
del rodar de las estrellas en el cosmos,
todo me revelará su sentido
y veré luminoso
el conjunto de mis actos.
Como ya son.

Me doy permiso para

no complicarme la vida
innecesariamente.

Me permito que las cosas
me sean fáciles y gozosas.
Renuncio a los mensajes de la infancia
o del presente que afirman que
la existencia ha de ser costosa y difícil.
Mi vida es mucho más fácil de lo que
han querido que fuera hasta ahora.
No acepto a personas que provocan
problemas donde no los hay:
problemas innecesarios, estériles.

Aprendo diariamente
a enfrentar las situaciones
no como conflictos angustiosos
sino como posibilidades a explorar.

Mi salud es mi tendencia
a enfrentar las situaciones
como una posibilidad para crecer.

Me doy permiso para
no estar explicando todo lo que hago,
aunque les parezca extraño
a los demás.

Me permito
no estar justificando
mi existencia
ante padres,
marido o mujer,
hijos,
amigos
o compañeros de trabajo.

Me permito callar y disfrutarlo.

19

Hoy, ayer, anteayer...

Llevo demasiado tiempo
haciendo y trabajando en exceso.

Me han estado sobrecargando
y yo me he dejado sobrecargar:
ahora me permito parar
y hacer o no hacer
muy suavemente lo que me apetezca.

El tiempo gran escultor.
Me doy permiso para
desacelerar
y saborear la vida.
Me lo he ganado de sobra.

Me doy permiso para

no agotarme
intentando
ser una persona excelente.

No soy perfecto,
nadie es perfecto
y la perfección es oprimente.

Me permito rechazar las ideas
que me inculcaron en la infancia
intentando que me amoldara
a los esquemas ajenos,
intentando obligarme
a ser perfecto: un hombre sin fisuras,
rígidamente irreprochable.
Es decir: inhumano.

Asumo plenamente mi derecho
a defenderme,
a rechazar la hostilidad ajena,
a no ser tan correcto como quieren;
y asumo mi derecho
a ponerles límites y barreras
a algunas personas
sin sentirme culpable.

*No he nacido para ser
la víctima de nadie.*

Me doy permiso para
equivocarme no una sola vez
sino todas cuantas veces me suceda.

Me doy permiso para equivocarme
y no sentir que por un pequeño
o un gran error
el mundo va a hundirse entorno mío.

Siempre hay segundas,
terceras, cuartas...
y muchas más posibilidades.
¡Fuera las ideas
de errores irrevocables!

Me doy permiso para
no involucrarme en embrollos
emocionales, amorosos, laborales
o de cualquier otro tipo.
Hay muchas situaciones
y personas que los conllevan
necesariamente: decido no entrar
en sus juegos agotadores.

Y reconozco con tranquilidad
que en algunas de las relaciones
de mi vida,
yo he sido en parte responsable de la
creación de problemas.
Decido no continuar jugando el juego
de víctimas y verdugos.

Ni quiero ser el verdugo de nadie
ni voy a ser víctima.
No participo más en esos
juegos de poder destructivos.
no me sitúo
en ninguna de las dos posiciones.

Me doy permiso para
no estar esperando alabanzas,
manifestaciones de ternura
o la valoración de los otros.

Me permito no sufrir angustia
esperando una llamada de teléfono,
una palabra amable
o un gesto de consideración.
Me afirmo como una persona
no adicta a la angustia.

Soy yo quien me valoro,
me acepto
y me aprecio.
No espero a que vengan
esas consideraciones
desde el exterior.
Y no espero encerrado o recluido
ni en casa,
ni en un pequeño círculo de personas
de las que depender.

Al contrario
de lo que me enseñaron
en la infancia,
la vida es una experiencia
de abundancia.
Empiezo por reconocer mis valores...
y el resto vendrá solo.
No espero de fuera.

Me doy permiso para
no estar a la espera,
para no vivir esperando.

Esperar es angustioso:
soy yo
quien salgo rebosante
de resolución
y energía
al encuentro de la vida.

Encontraré.
Seguro.

25

Me doy permiso para

sentirme capaz.
Me doy permiso para no recurrir
con tanta frecuencia a los demás
con el propósito de que me resuelvan
pequeños problemas cotidianos:
en el trabajo,
en la familia
o con los amigos.
Y decido no preguntar tanto
a los otros sobre cómo resolver
muchas de esas pequeñas
o grandes cuestiones.

Me permito explorar yo mismo,
interrogarme, probar, descubrir,
resolver numerosos asuntos
en los que no necesito
depender de nadie.

Me doy permiso para
no precipitarme
ni dejarme presionar
por mi pareja,
mis hijos,
mi jefe
o por quienquiera que sea.

No soy una persona torpe.

Mi torpeza,
en muchas ocasiones,
ha sido producto
de la urgencia
y la presión
a la que me he dejado someter.
No más miedo,
no más torpeza:
destreza,
belleza
y seguridad.

Me doy permiso para
sentirme una persona
plenamente sexual y sexuada:
me permito gozar tranquilamente,
suavemente, apasionadamente,
rítmicamente, dulcemente,
cósmicamente,
como yo quiera,
como salga de mi interior,
como surja
de mi creatividad-sexualidad.

No reduzco mi sexualidad
a mis genitales.
Y vivo mi sexualidad
felizmente:
ni culpa ni pecado.

28

Me doy permiso para
dar rienda suelta
a mis fantasías eróticas
y ponerlas en práctica
con mi pareja
o con la persona
que coincida conmigo.

Coincidir: se trata de coincidir.

Me doy permiso para no agobiarme
por sentimientos de vergüenza:
la vergüenza es algo social,
exterior a mí.
Las vergüenzas son algo
que nos inculcaron de niños.
Mientras que lo que cada uno
de nosotros fantaseamos,
experimentamos y vivimos
cuando somos adultos
nos pertenece a nosotros mismos
y no a la sociedad.

Nuestras fantasías son nuestras:
son una parte de nuestro ser,
las creamos nosotros mismos,
y por tanto son valiosas
y no despreciables
ni vergonzosas.

Me doy permiso para

el autoerotismo,
para tener orgasmos yo solo
o en compañía.
Me doy permiso para
abandonarme al placer,
para dejar que me recorra
la espalda, las piernas, el cuello,
toda mi columna, el vientre...
el cuerpo entero.

Decido no vivir en la frustración
y la carencia cuando no coincido
sexualmente con mi pareja
en determinadas ocasiones:
puedo darme placer yo mismo
y no proyectar frustración
ni dependencia.

Me permito disfrutar
de mi cuerpo
y de mi sexo:
mi cuerpo y "yo"
no somos dos "cosas" separadas.
Decido disfrutar de mí mismo.

Me doy permiso para
gozar de buena salud,
de plena salud.

Decido no provocarme
dolores físicos
ni enfermedades leves o graves
para poder aminorar
mi ritmo de vida sobrecargado.
Soy adulto y capaz de autorregularme.
No son las figuras de autoridad
exteriores las que deciden por mí.

Me doy el descanso necesario,
los alimentos, las pausas,
el sueño
y todo lo necesario para gozar
de buena salud.
¡A mi salud y a la tuya!
¡Larga vida con buena música!

Me doy permiso para

disfrutar con el trabajo.

En vez de una maldición bíblica
y del mensaje de tener que
"ganar el pan con el sudor de
la frente",
con esfuerzo agotador,
con fatigas innecesarias,
el trabajo me permite relacionarme
útilmente con el mundo.
¡Soy válido! ¡Soy capaz!

Me permito ser creativo,
tomarme el trabajo como juego
y exploración,
como expresión de mis capacidades
y mis fulgores
y momentos de hallazgos
extraordinarios.
El trabajo es también
una diaria sorpresa positiva.

Me doy permiso para
no comprometerme
rígidamente con nadie.
A pesar
de toda la "literatura" psicológica
sobre las increíbles bondades
del compromiso sincero,
el compromiso estricto
no es más que dependencia,
rigidez y asfixia:
y depender es una forma
de sufrir y degradarse.
Me reservo espacios
y vivencias para mí solo
o para compartir
con quien yo decida
sin sentirme obligado
por contratos matrimoniales
ni emocionales de ningún tipo:

¡las emociones no pueden
convertirse en contratos!
La vida es abundancia,
no son necesarios los
compromisos rígidos
y la dependencia.

Soy,
por encima de cualquier otra cosa,
un ser libre.

Me doy permiso para
la espontaneidad y la autenticidad.

Me acepto plenamente
en mis actos, gestos
y palabras espontáneos:
si me paso el tiempo calculando
si hago lo correcto
o reprochándome
que me he equivocado,
puedo llegar a la
ancianidad sin haber vivido
ni siquiera unos momentos
de soltura y distensión.

Vivir significa decidir y actuar.
Parte de esas acciones y decisiones
no son las absolutamente idóneas.
¡No importa!
Eso es la vida: no quedarse
paralizados por miedo a equivocarse.

¡Espontaneidad y autoaceptación:
al fin y al cabo,
y con todos sus defectos,
las personas más amadas
y las que emanan un fuerte
magnetismo que atrae,
son las que viven espontáneamente!

Me doy permiso para
ser frío y distante
con todas las personas que yo decida.

La ternura, la calidez y la proximidad
me las reservo para quien yo quiera.
No he nacido para ser obligatoriamente
un relaciones públicas.
Y me doy permiso
para guardar las distancias
y la frialdad
sin sentirme presionado
ni culpable.

Ni soy santo
ni me impongo la ardua tarea
de tener que llegar a serlo.

35

Me doy permiso para

no escuchar ni permitir los juicios
que hagan otras personas sobre mí.

Yo sé quién soy
y lo que quiero hacer con mi vida:
no me importa en absoluto
lo que digan los otros al respecto.
Si alguien intenta censurar
alguna de mis formas peculiares
de hacer, de actuar en el mundo,
me permito decir tranquilamente
que no continúe hablando,
que no me interesa
lo que pueda decirme sobre mí.

Mis reflexiones sobre mi vivir
me las hago yo mismo:
no necesito voces exteriores
que no conocen, como yo,
mi irrepetible circunstancia.

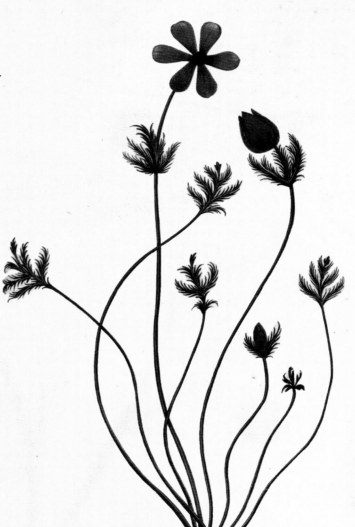

Me doy permiso para
no intentar controlarlo todo:
la casa en perfectas condiciones,
la mesa de trabajo
completamente ordenada,
el trabajo perfecto,
las relaciones sin roces
ni imperfecciones.

Obsesionarse por mantener
el control es algo extraño a la vida,
es una fantasía dañina.
El intento de control constante
bloquea a las personas y les priva
de una enorme cantidad de energía
que podrían canalizar
hacia la creatividad.
Intentar mantener
un exceso de control
da como resultado el agotamiento.

Acepto un relativo desorden
e incertidumbre que me permita
disfrutar de la vida
en vez de dejarme exhausto
física y emocionalmente.

37

Me doy permiso para
proporcionarme yo mismo
mucho de lo que necesito:
silencios, serenidad de espíritu,
valoración de mis logros,
el autoerotismo, la ternura,
la calma, el descanso, la alegría.
Cuando esperamos que el bienestar
llegue de otros, dependemos de ellos.
Y no sólo quedamos frustrados
sino que comprobamos que nadie
puede darnos tantas experiencias
positivas como nosotros mismos
podemos ofrecérnoslas sin esfuerzo.
Con esa actitud somos libres.

Cuanto más esperamos
que los demás
resuelvan nuestra vida,
más nos devaluamos
ante nosotros mismos
y más baja nuestra autoestima.

Me doy permiso para

relativizar la mayor parte
de las cosas de la vida
y poner humor en mi existencia:
¡fuera miedos innecesarios!

Puesto que algún día habré de morir,
¿para qué voy a acongojarme
por trivialidades,
por situaciones que puedo resolver
o eliminar con sólo relativizarlas?
¡Cuántas simplezas me han estado
quitando el sueño hasta hoy!
¡Cuántos conflictos que anticipé
y me abrumaron no llegaron luego
a ocurrir jamás o
se resolvieron
con el simple curso de la vida!

¡La vida dura solamente el
tiempo de un juego!
¿Agobiarme por pequeñeces?
Es una actitud muy poco
práctica.

Que los miedos salgan
y yo quede poseído
de serenidad y alegría.

Me doy permiso para

comenzar ya, ahora,
a dejar fluir cosas de mí
sin esperar que resulten excelentes:
si quiero escribir, escribo;
si quiero hacer música, la hago;
si quiero bailar, bailo.

Haber estado esperando
a que el resultado de mis actos
fuera perfecto, sólo era
mi coartada para no actuar.
Era una forma de sabotear
mis capacidades.
Me ha hecho perder años de vida
e infinitas posibilidades
de expresarme gozosamente
y comunicarme
con las demás personas.
¡No más posponer!
¡No más temor a la imperfección!

Me doy permiso para

no sentirme inferior a nadie:
ni a terapeutas ni maestros o gurúes
ni sabios o doctores
ni ninguna figura de autoridad
ni amigos o pareja.

Llegado a mi estado adulto
me relaciono con los demás
en un plano de igualdad:
sin intentar imponerles mi autoridad
ni dejar que me la impongan.

Me permito constatar
que todas las personas
–incluso las que parecen
más coherentes–
tienen sus contradicciones
y su forma "imperfecta"
de acomodarse al mundo.

No acepto
que quieran convencerme
de su supuesta perfección.
No tolero
que me traten
como si estuvieran
sobre una tarima y yo abajo.
Tus razones son tus razones
y las mías son las mías.

Me doy permiso para
dejar solos rápidamente
a quienes miran desde detrás
de su mesa/parapeto de despacho,
con silencios de esfinge.

No acepto jueces ni tratos de ese tipo.
En general, tras esas esfinges
no hay nada excepto el poder que
nosotros mismos decidimos atribuirles.

El silencio forzado de las esfinges
es un juego de poder
que esconde el miedo de la esfinge
a que se descubra su vacío.
Ese silencio rebuscado agota
como cualquier otra relación de poder.

Abandono a las esfinges
y me relaciono con personas que
no adoptan esa pose artificial.
¡Me relaciono con personas
rebosantes de vitalidad
y sin miedo a expresarse!

Me doy permiso para
irritarme,
disgustarme o incluso odiar
a quien me haga daño.

La pretensión de ser sólo amor
y bondad
sin permitirme detestar
es pura literatura, ficción,
autoengaño.

Amar auténticamente es posible
cuando me permito detestar
auténticamente.
No hay luz sin sombra.

Me doy permiso para
no idealizar a nadie.

Cuando idealizo a personas
o situaciones
yo mismo me estoy situando
en condiciones de inferioridad
respecto a ellas.

En vez de idealizar me permito
ver las cosas con ecuanimidad:
los seres humanos gozan
de cualidades y defectos,
incongruencias
y transacciones contradictorias
ante su irrepetible
circunstancia vital,
su realidad.

Por suerte, nadie es perfecto.

Me doy permiso para

rechazar toda autoridad y a toda
figura de autoridad sin antes digerir
yo mismo, en mi interior,
sus afirmaciones y conducta.

En primer lugar he de comprobar
si a mi organismo le sientan bien
esas palabras o esos actos realizados
por los que se atribuyen el monopolio
de la posesión de la verdad.

Lo "malo" o lo "bueno" lo decido yo
desde mi interior y mi reflexión.
Intentando ser honesto conmigo
mismo antes que con nadie.

*El que se somete a una autoridad
exterior se convierte en un esclavo,
o en un permanente niño sojuzgado
por aquellos en quienes
ha depositado su libertad
y su capacidad de decidir.
Elijo ser libre.*

Me permito no ser

una persona abnegada,
que todo lo da por los otros
sin esperar nada a cambio.

Con esa actitud de abnegación
no me hago bien a mí mismo,
ni les hago bien a los demás,
porque, en parte, los convierto
en inválidos, en incapaces.

Me permito reconocer
que las grandilocuentes afirmaciones
de quienes dicen darlo todo
sin esperar nada a cambio
son ficciones, engaños
y autoengaños.

Me permito relajarme:
dar menos y también
exigir menos.

Me doy permiso para

no "engancharme" con personas
que tienden a los comentarios
maliciosos y sarcásticos:
personas que cuando hablan
intentan provocar o humillar.
Ese es su problema, no el mío.
Es su problema:
el de conseguir
que les presten atención por medio
del respeto y la belleza
y no con actitudes provocadoras
contraproducentes.

Yo me permito ignorarlas:
no he de salvarlas
de su proceso autodestructivo.
Están fuera de mi vida.

Me doy permiso para
estar completamente abstraído
o ensimismado
siempre que necesite retraerme.

Me permito cuantos momentos
de interiorización y calma
crea necesarios.

Los otros tendrán que aceptar
–es su problema–
mi no disponibilidad
permanente.

48

Me doy permiso para
aceptarme plenamente
con lo que parecen
contradicciones:
me permito amar y
ser amado
pero no soy perfecto
ni santo.
En consecuencia
aprendo a poner límites
a ciertas actitudes mías
o de las otras personas.
Decido mantener
un doble proceso con el mundo:
el de apertura y confianza
y el de saber
que eso mismo en exceso
no sería bueno para mí
ni para nadie.

Los otros también aprenden
cuando yo pongo límites.

Y un contacto verdadero
sólo es posible
cuando hay posibilidad
de rechazo verdadero.

Pongo límites
con la mayor economía de medios
y sin necesidad de agredir.

Me doy permiso para
no estar al día
en muchas cuestiones de la vida:
no necesito tanta información,
tanto programa de ordenador,
tanta película de cine,
tanto periódico, tanto libro,
tantas músicas.

Decido no intentar absorber
el exceso de información.
Me permito no querer saberlo todo.
Me permito no aparentar
que estoy al día en todo
o en casi todo.

Y me doy permiso para saborear
las cosas de la vida
que mi cuerpo y mi mente
pueden asimilar
con un ritmo tranquilo.
Decido profundizar
en todo cuanto ya tengo y soy.
Con lo que soy
es más que suficiente.
Y aún sobra.

50

Me doy permiso para
experimentar el beneficio
tranquilizador y balsámico
del silencio
respecto del ruido,
del sobreexceso
de estímulos exteriores en que
vivimos inmersos y que
sobrecargan el sistema nervioso
produciendo agotamiento
de mente y cuerpo.

Desobedezco jubilosamente,
–y de forma consciente–
el aluvión de órdenes exteriores
que quieren convertirme en
un simple ser consumista
afanoso por
atrapar y poseer espejismos.

Me acostumbro a decir
"no", sonriendo por dentro
y respondiendo
sin agresividad reactiva.
No entro en el juego.
No.

Me doy permiso para

decidir por mí mismo:
para ser yo quien elija
las múltiples manifestaciones
fascinantes de la vida que me hacen
vibrar rezumando energía.

Me permito no resignarme
a quedar convertido
en un simple objeto
al que le dictan
cuáles deben ser sus propósitos,
deseos y anhelos.

Disfruto de placeres que yo elijo:
líneas de paisajes en los que
el cielo y la tierra
se funden y confunden;
músicas que estremecen
por su belleza;
libros, poemas o fragmentos
tallados como duras y hermosas
piedras cristalinas;

cuerpos armoniosos de
gestos y movimientos sutiles.
Y sobre todas las cosas,
el cielo y aire transparentes
de tantas mañanas que me hacen
afirmar, como hizo
el segundo heroico Ulises:
"¡Dios mío, cuánto azul derrochas
para que no te veamos!".

Decido yo.
Busco adrede el silencio
y el aislamiento necesarios
para saborear y digerir con sosiego
los destellos y claridades y también
las sombras de mi ánimo.

Mantengo mi calma interior
con una actitud equilibrada
de contacto y retirada
respecto de lo que me rodea.
Me calmo, entro
en una tranquila quietud.

Me doy permiso para

ser una persona clara,
sencilla y directa
en mis expresiones verbales.

Me permito hablar con tranquilidad
sobre cualquier asunto
sin anticiparme a los gustos
o disgustos ajenos:
hablo de las cosas llana
respetuosa y libremente.

No excluyo de antemano ningún tema
de una posible conversación
y no me convierto
en mi propio censor interno.

Si alguien se molesta
es un problema
que debe solucionarse él o ella,
pero no es mi problema:
estoy tranquilo conmigo mismo.

53

Me doy permiso para
permanecer centrado,
para mantener mi equilibrio interior,
para no andar, como una veleta,
dando vueltas
según el estado de ánimo
de las personas que están próximas a mí
o que quieran influir sobre mí.

Me permito no involucrarme
en las depresiones, angustias
o naufragios
de los otros.
Mi felicidad y mi serenidad
están en primer lugar.
Tampoco podría transmitir ni felicidad
ni serenidad a los demás
si yo no gozara de ella.

Me permito decir "no"
a todas las citas,
propuestas, manipulaciones
o intentos de arrastrarme
a los naufragios ajenos.
No.

Me doy permiso para

decir "sí"
de forma rotunda y gozosa
a todas las situaciones
que me produzcan
felicidad o bienestar
–sin atropellar a los demás–.

Me permito el placer,
me permito vivirlo intensamente
o suavemente
según mi deseo.

*Me permito abandonarme
sin reservas a todos los placeres
que me dan más vida y energía
y no me destruyen.*

*Yo: dueño de los placeres
y no avasallado por ellos.*

Me doy permiso para

no estar tan hipersensible
a las críticas
cuando me dicen
que no sé hacer algo.

No he nacido
para saber hacerlo todo:
ni es posible saber acerca de todo.

El sentimiento de insuficiencia
nos lo inculcaron en la infancia
personas que se sentían frustradas
y que, no sabiendo resolver
ellas mismas
sus necesidades básicas
de sexualidad enriquecedora
y de cálido contacto humano,
proyectaban sobre los otros
una sensación de que no éramos

suficientes, de que casi siempre
fallábamos en algo.
Fue su problema.
Aquel pasado, pasó.
Ellos no tuvieron el valor
de arriesgarse para conseguir
lo que tanto necesitaban.
Fue su vida,
no la mía ni la vuestra.

Los que afirman que
no sé hacer unas u otras
cosas concretas,
despiertan mis antiguos sentimientos
de insuficiencia.

Ahora doy por terminados esos
sentimientos de no ser suficiente:
nadie es omnipotente ni omnisciente.
Y es mejor así.

Tampoco yo soy omnipotente

y asumo mis limitaciones.

Me doy cuenta de la alegría
que me produce autolimitarme
y reconocer esos límites propios:
precisamente me permiten gozar
de lo que sí que soy capaz,
de lo que sí puedo hacer
y tengo a mi alcance
o puedo conseguir.

Mis energías
tienen un límite
y las aprovecho
como mejor creo.

Me permito rechazar a cualquiera
que intente despertar en mí
sentimientos de insuficiencia.

Me doy permiso para

vivir absolutamente mi sexualidad
como parte de mi creatividad global
o con el sentido
que yo quiera darle
sin necesitar ninguna fuente
exterior de aprobación.

La vida es una pulsación
que no puede separarse
de la sexualidad.
Y yo, como ser humano,
como organismo complejo,
como todas las criaturas vivientes
soy también un ser sexuado,
con necesidad de contacto,
pasión y calor humano.

Estoy destinado a desarrollarme
de manera completa:
así que no rechazo
ninguna parte de mi cuerpo
ni de mi sexualidad
sino que las asumo plenamente.
Sexo, creatividad, vida.

Me doy permiso para

ser inmune
a los elogios o alabanzas
desmesurados:
las personas que se exceden
en consideración
resultan abrumadoras.
Y dan tanto
porque quieren recibir
mucho más a cambio.
Prefiero las relaciones
menos densas.

Me permito un vivir con levedad,
sin cargas ni demandas excesivas.
No entro en su juego.

Me doy permiso para

no dejar
que entren en mi vida
el tipo de personas
que se pasan el tiempo
haciendo una promoción de sí mismas.
Repiten con insistencia
cosas de este tipo:
"Soy una persona simpática",
o "dinámica", "empática",
"alegre", "activa", "generosa",
etc., etc.

En realidad, están diciendo
todo el rato: "yo", "yo", "yo"…,
y resultan cargantes
con ese exceso de ego a cuestas.

Prefiero a las personas
que hablan menos y se limitan a ser;
que no es poco.

Alguien que respire suave
y confiadamente
durante unos pocos minutos,
vale más que alguien
que lance un extenso discurso
sobre sus cualidades
y supuestas proezas.

*Observa cómo respira alguien
y sabrás lo que es.*

Me doy permiso

con mi pareja, especialmente,
y con las personas
de mi familia más próximas,
para no sentirme responsable
de sus estados emocionales
ni dejarme zarandear
interiormente
por sus inestabilidades.

Me permito elegir personas
equilibradas
y estables
para configurar
mi mundo emocional.

*No necesito crisis
ni adrenalinas superfluas
para sentirme vivo.*

61

Me doy permiso para

hacer "ruidos":
escribir, teclear, bailar,
patalear, cantar, reír,
suspirar, respirar, gemir,
tararear, silbar…

El ruido es una afirmación de la vida.
Vivir poniendo sordina a mis acciones
y a mi cuerpo,
conduce a la aniquilación
de mis capacidades creativas.
Decido asumir plenamente que existo,
y por tanto me afirmo con mis actos,
gestos, movimientos y sonidos.

Rechazo las órdenes que recibí,
como casi todos los niños,
en la infancia:
"Estate quieto", "No te muevas",
"No molestes", "Compórtate"…
Haber obedecido tantas órdenes
impidiéndome ser entonces

el niño que era,
me provocó las inhibiciones
del movimiento
y graves problemas de salud.
Cuando comencé a desoír
aquellas órdenes y a transgredirlas,
empezó el proceso
de recuperación de mis huesos
y pude volver a caminar,
sentarme, salir, correr…

El movimiento es la vida
y la vida produce ruidos.

Quien no quiera ser molestado
por ruidos y sonidos,
ni por las espontáneas afirmaciones
de los niños, que no los tenga.

Si los tiene, que no reprima
las efusiones de la vida.

Me doy permiso para

crecer y continuar mi proceso
de desarrollo personal
sin que sea a costa del sufrimiento.

Hay otra forma muy sencilla
de aprendizaje
y todos los niños del mundo,
todavía inocentes,
la conocen: es el juego, la aventura,
el riesgo gozoso.

Combino mis tomas de conciencia
dolorosas y mis momentos
de sufrimiento con gratificaciones
que yo mismo me proporciono:
un buen baño en la playa,
una escapada a la montaña,
una cálida relación sexual,
una suave lectura buscando
el oro nocturno de las palabras,
unos susurros al oído
pronunciando el nombre
de la persona
a la que me da placer
darle placer,
o escuchar cómo
pronuncia mi nombre
en mis oídos
mientras me besa.

Crezco pero no sufriendo.

63

Me doy permiso para
no estar obsesionado
con el reloj.
Me permito
no llegar siempre
tan puntual
a los sitios.

Un poco de retraso
no supondrá una catástrofe,
y yo llegaré menos tenso,
más ligero y más capaz
para hacer aquello
que tenga que hacer.
No es preciso
que yo sea exacto
como una máquina:
no soy una máquina.

¡Fuera la prisa dañina y vana!

Me doy permiso para

no renunciar
a mi tradición cultural:
no necesito viajar al otro extremo
del mundo para acabar
encontrándome
a los vecinos que andan por allá,
desorientados,
buscando sin saber qué.

Mi propia tradición cultural
posee elementos maravillosos
estéticos, espirituales
y simbólicos.
No renuncio a ellos.

Pero tampoco acepto a quienes
han monopolizado
esa tradición y han mantenido
"secuestrado" a Dios
y los fulgores que nos expresa.

Decido profundizar en la música,
el arte, las fiestas
y los escritos éticos
de los grandes hombres
de nuestras raíces culturales
y cósmicas.
No acepto intermediarios
que intenten imponerme
lo que es "bueno" y lo que es "malo".

Exploro y experimento yo mismo.

Me doy permiso también para

conocer y gozar de lo bueno
que poseen otras civilizaciones:
no rechazo nada de antemano,
no prejuzgo, y no creo que nuestra
cultura sea superior a las otras
y poseedora de la única verdad.

Hay mucho que aprender
de los otros. Al fin y al cabo,
el otro somos nosotros:
compañeros de humanidad,
seres que hemos tenido
la inmensa fortuna de coincidir
en el tiempo y en el espacio.
Se han necesitado miles
de millones de años para llegar
a esta conjunción cósmica
de personas y culturas.
Hemos coincidido en este rodar
de las estrellas por algún motivo.
¿Por qué voy a juzgar
o rechazar a los otros?
¿Acaso porque son distintos?

Precisamente en todo ese
conjunto de diferencias y matices
radica el fenomenal interés
de este mundo y de los seres:
decido aprender y compartir.

Me permito

no dejar entrar en mi mundo
a las personas que problematizan
las situaciones
para que los demás
les prestemos atención.

Hay dos formas
de conseguir la consideración,
la atención y el afecto de los otros:
crear problemas o, por el contrario,
ser una persona básicamente feliz,
satisfecha.
Hace tiempo que decidí,
conscientemente, sentirme bien,
y afrontar cada situación
como un reto a resolver
y no como un trance angustioso:
no hay problemas,
hay cuestiones que resolver,
experiencias que vivir
y situaciones que asumir
–que es bien distinto–.

La vida no es un problema.

Me permito rechazar
y alejar de mi mundo
a los expertos en problematizar
las situaciones
y que usan este recurso
para atraer la atención
y el afecto de los otros.
Prefiero que se fijen en mí
por mi bienestar.

Me doy permiso no sólo para

perdonar a otras personas
sino también –y especialmente–
para sentir que soy perdonado
y para perdonarme yo mismo
mis equivocaciones.

Todos cometemos errores
infinidad de veces y,
en muchas ocasiones,
nos cuesta aceptar que los otros
ya no tienen en cuenta
nuestro error pasado
y que lo pasado, pasado está.

No nos permitimos aceptar
el perdón porque de esa forma
continuamos automartirizándonos
y dándonos importancia:
es una forma de hinchar nuestro ego
que nos cuesta realmente cara
ya que el autoodio y el autodesprecio
nos minan la salud, la energía,
la autoestima.
El autodesprecio boicotea
nuestras mejores posibilidades.

Decido relativizar
las cosas y las situaciones,
aceptarme como un ser no perfecto
y aceptar a los otros
con sus imperfecciones.
Perdono y olvido
–me quito cargas de encima–
y acepto el perdón
y el olvido de los otros
respecto a mis errores.

Dado el ideal de perfección en el que
fuimos educados, y dada la
imposibilidad de cualquier ser humano
para alcanzar un ideal tan exigente,
no existe un anhelo mayor
–más circulante en nuestras arterias
y más instalado en nuestros huesos–
que el de perdonar y ser perdonados.

Cuando mantenemos el resentimiento,
¿a quién estamos negando
el perdón realmente?:
¡a nosotros mismos!
Es a nosotros a quien
no perdonamos porque no somos
capaces de asumir que, en algún
momento de nuestra vida, no fuimos
suficientemente fuertes o inteligentes
para impedir que nos hicieran daño.
Estamos irritados contra
nosotros mismos.
En consecuencia: perdonar
es sobre todo perdonarnos.

Aceptar el perdón y entregarlo
es aligerarnos la vida,
dejar de autoamargarnos
y autoreprocharnos;
es aceptar que todos
–¡también nosotros!–
merecemos una, dos, tres, cien
oportunidades más.

¿Perdón?: para todos.
Para mí, para ti compañero
o compañera de humanidad
que has coincidido conmigo
en este tiempo y en este
espacio del cosmos.
No más condenas.

Me doy permiso para
estar abierto a las intuiciones
y a los sentidos
que todavía no tienen nombre.

No creo que dispongamos solamente
de los cinco sentidos tradicionales:
vista, oído, gusto, olfato y tacto.
Esta clasificación es empobrecedora.
Nos priva de sensaciones
y experiencias que no pueden
etiquetarse con esa rigidez.

Cuando los cinco sentidos
tradicionales de una persona
están funcionando, creativos
y receptivos, ¿cómo se llama esa
suma de percepciones que todos
los sentidos sumados y juntos
nos proporcionan?
No tiene nombre: no podemos
encasillar esa percepción global.

El total no es igual a la simple
suma de las partes:
el total de lo que podemos llegar
a percibir e intuir
es muchísimo más amplio y nos da
intuiciones y visiones de la realidad
que numerosas personas todavía no
aceptan porque esas intuiciones
no pueden ser clasificadas con un
nombre ni colocadas en un casillero,
reducidas a otro concepto más.

Hay realidades, en el mundo,
que escapan a la trampa reduccionista
de los conceptos.

¿Por qué voy a querer autolimitarme
a los conceptos tradicionales?
¿Para qué voy a aceptar autorreducirme
en vez de asumir que me expando
haciendo caso
de mis percepciones sin nombre?

¿Y cuando súbitamente se produce
una especie de chispazo en mi interior
y comprendo con todo mi ser cosas,
situaciones y vivencias inexplicables
con los conceptos habituales?
¿Acaso no existe la sensación de
calidez y de comunicación con el Todo
que me recorre el pecho y los huesos
algunas noches?

Está claro que la suma es mucho más
que cada una de las partes
por separado.
No somos máquinas que tengan
sentidos separados y que cada uno
funcionen de forma aislada,
independientemente de los otros.
Me permito ser intuitivo y dejar que la
alquimia de los sentidos conocidos
–y de los que están por conocer–
me revele aspectos de la vida
que hasta ahora creía imposibles.

Me permito estar abierto
a lo que aún no tiene nombre
ni etiquetas:
la vida es mucho más
que una serie de piezas sueltas
y sin conexión.

Todo el cosmos está interconectado.
Y yo formo parte de esa red estelar
de conexiones y sincronicidades.
Decido dejarme atravesar
por esas líneas de luz,
conocerlas y experimentarlas.
Hilos no visibles nos conectan a
todos con todo.

Me doy el permiso
más importante de todos:
el de ser auténtico.

No me impongo soportar situaciones
y convenciones sociales que agotan,
que me disgustan o que no deseo.
No me esfuerzo por complacer.

Si intentan presionarme para que
haga lo que mi cuerpo y mi mente
no quieren hacer, me afirmo tranquila
y firmemente diciendo que no.
Es sencillo y liberador
acostumbrarse a decir "no".

Elijo lo que me da salud y vitalidad.
Me hago más fuerte y más sereno

cuando mis decisiones las expreso
como forma de decir lo que yo quiero
o no quiero, y no como forma de
despreciar las elecciones de otros.
No me justificaré:
si estoy alegre, lo estoy;
si estoy menos alegre, lo estoy;
si un día señalado del calendario es
socialmente obligatorio sentirse feliz,
yo estaré como estaré.

Me permito estar tal como me sienta
bien conmigo mismo y no como me
ordenan las costumbres
y los que me rodean:
lo "normal" y lo "anormal"
en mis estados emocionales
lo establezco yo.

Según me sienta interiormente,
así, me expresaré exteriormente.
Y no será al revés.
No serán los otros ni las presiones
exteriores los que me digan
cómo he de estar.

Estoy como estoy.
Y así está bien. Muy bien.

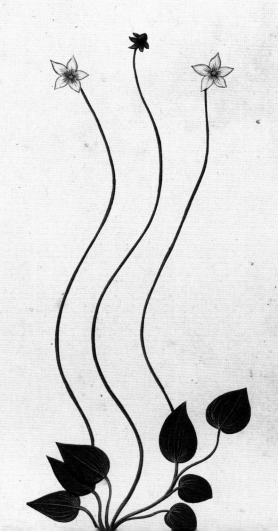

Me doy permiso para

relativizar las situaciones,
para ponerles sentido del humor,
para no dejarme entrampar
en relaciones de amor y sexo
o en situaciones familiares trágicas
o melodramáticas, densas,
espesas y dependientes.

Hay demasiadas personas con adicción
al melodrama: parece que necesitan
ese tóxico para sentirse vivas.

Elijo una vida feliz
por encima de cualquier otra cosa.
Elijo sentirme leve y no sobrecargado.
No quiero complicaciones estériles
para llenar el tiempo:
hay demasiadas experiencias buenas,
interesantes y bellas en la vida
como para tener que recurrir
a la infelicidad
como soporte de la existencia.

Elijo estar cotidianamente contento.
El soporte, la estructura de la vida,
no es la densidad y la pesadez
por excesos sino la levedad
por la alegría.
"Alegría", en su origen,
significa precisamente eso: ligereza.
Como leve y ligera es la brisa suave
o la sonrisa de quien anda sereno
y firme.

Me permito

vivir sin usar trampas
ni utilizar a los demás
como si fueran objetos a mi servicio.

Me resuelvo yo mismo la mayor parte
de las situaciones que surgen:
la vida es aventura y juego.
Enfrentar y resolver tranquilamente
lo que va surgiendo
forma parte de este gozoso juego:
aprendo a solucionar mis asuntos
con el mínimo gasto de energía
y con la mayor serenidad posible.

El tiempo que nos ha sido dado para
vivir dura apenas lo mismo que un juego,
¿para qué malgastarlo en formas
de comportamiento retorcidas y
difíciles, cuando es más fácil y divertido
ir de frente -uno mismo y sin
involucrar a otros- hacia la solución
de las propias necesidades y deseos?

75

Me construyo como un ser
lo más independiente posible:
la independencia libera
de la necesidad
de manipular a nadie.
Y sube la autoestima hasta bien alto.

Me permito
muchas situaciones de calma,
de suavidad,
de no estar muy estimulado
ni hundido
sino en un bienestar ligero,
como a veces me parece que están
algunos árboles y plantas:
están ahí,
erguidos sin necesidad
de poner fuerza,
sin vaivenes de adrenalina.
Están.
Son.

Soy.

Es así de sencillo:
no hace falta atizar mucho
el fuego de la vida.

*A pesar de las apariencias, la vida
se perpetúa sin bruscos altibajos.*

Me doy permiso para

que mis potencialidades innatas,
las que todos tuvimos
cuando éramos niños,
vuelvan a reaparecer.

Y me doy permiso para
soltar los diques que les impiden
desarrollarse solas,
por sí mismas.

Me permito expandirme
sin esfuerzo, sin fatigas:
dejo que las capacidades
y los sentidos atrofiados
o perdidos al hacerme adulto
vuelvan a desarrollarse.
Recupero las inexpresables
percepciones de aquel niño que fui
y al que los adultos fueron
malentendiendo y cohibiendo
con sus estrechas convenciones,
su cortedad de miras.

Mi mirada sobre el mundo
vuelve a ser tan amplia,
tan abarcadora
y comprensiva como fue
desde el principio de los tiempos.

Elijo,
por tanto, mirar mis carencias
de frente, cara a cara,
y hablarles –a esas carencias–
como si fueran cómplices felices
de esta extraña,
radical aventura que es la vida.

Después de conocernos
–mis carencias y yo–
nos despediremos cordialmente…
porque son tiempos de abundancia
y no de falta.

Decido no compensar mis carencias
con cosas que no son las que
realmente necesito.
Aprendo a tomar
las decisiones acertadas.
Decido no huir más.
No hay tiempo que perder
en rodeos y huidas.

Me permito

experimentar esa sensación
de que existe sentido
debajo de este misterio
radical e impenetrable
que es la vida:
mi vida, tu vida,
cada vida.

Me permito aceptar que son ciertas
esas intuiciones pasajeras
que algunas veces
me atraviesan la mente
y el cuerpo:
el absurdo no existe,
hay sentido aunque
en ocasiones no lo comprendamos.

A veces intuimos
ese sentido profundo…
y en el fondo
lo sabemos.

Me doy permiso para

ponerme las cosas fáciles.
Es decir: accesibles en vez
de inalcanzables y frustrantes.

Esa idea de que "la vida no es fácil",
la pronuncian con mucha convicción
bastantes personas.
No se dan cuenta de que es una idea
propia de ellas mismas,
de la programación infantil
que sufrieron y que los preparó
para la carencia,
la frustración y la sobrecarga:
así arrastran su vida "que no es fácil".
por el mundo. Un mundo que ven
como difícil, costoso: es su visión y
fueron intensamente preparados
para ver las cosas de esa manera:
el mundo y la vida como un peso.

Es una idea aprendida
de padres y educadores desdichados,
que apenas encontraron tiempo

ni ocasiones, ni personas
para gozar de la vida:
fue su vida y aquella situación ya pasó.
Las personas
que se repiten a sí mismas
aquel mensaje de que
"la vida no es fácil"
acaban consiguiendo
que no les sea fácil: son profecías
que consiguen autocumplir.

Pero en realidad son personas
que se están autoengañando
para no salir del esquema aprendido
y tantas veces repetido:
se autoengañan creyéndose más
realistas que los demás.
Pero su realidad no es la realidad:
solamente es su punto de vista.

Es cierto que en la vida
surgen centenares
de situaciones y conflictos
que hay que resolver.

Pero cada persona puede elegir
enfrentarse a todas esas situaciones
con un talante diferente:
la actitud de los que ven la vida
como difícil y con pesadumbre,
o, por el contrario,
la actitud resuelta
y rebosante de energía
de los que ven en cada ocasión
una oportunidad para aprender,
desarrollar sus intuiciones
y desarrollar también su inteligencia
para resolver las situaciones
de la forma más fácil posible:
esto es, menos frustrante,
más realizadora de capacidades.

La vida no es fácil ni difícil: la vida es.

Y yo me doy permiso
para tomármela con calma
y para no hacérmela yo mismo difícil.
La vida –mi vida y la tuya,
ahora que me estás leyendo–

no se merece que le echemos encima
ningún fardo de mensajes dificultosos.

La vida es posible
–la prueba es que la tienes–
¿para qué evitas ver
los saludos amables,
los gestos de afecto,
las buenas acogidas,
los comentarios que dan fuerza y valor,
las sonrisas cómplices?

¿Para qué privarse de todas estas
arboledas del río de la vida?
¿Cuánto puedo aprender hoy,
ahora, para que mi vida no sea
frustrante sino feliz y autorrealizada?

¡Mucho!
¡Ahora!
¡No pospongo más!

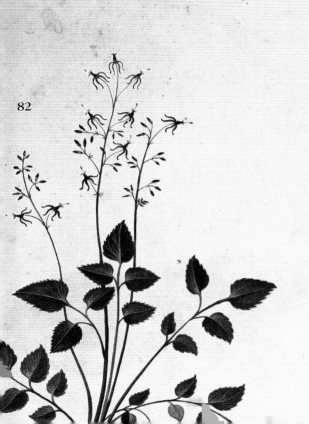

82

Me doy permiso para
sentirme feliz con mi familia
y con los seres queridos
que aún viven o que ya no están.

En realidad, todos los seres humanos
tenemos muchas más cosas en común
que cosas que nos separan.
Incluso aquellos
á los que en algún tiempo
llegamos a detestar o a odiar
merecen nuestro perdón.
Y es un bienestar que nos
proporcionamos también
a nosotros mismos
cuando damos por canceladas
"deudas" pasadas.

¡El pasado, pasado está!
¡Y hay que afirmarlo bien
rotunda y alegremente!

Es aligerarnos nosotros mismos
de un fardo pesado
–el del resentimiento–
y permitirnos perdonarnos
nosotros mismos también
nuestras propias equivocaciones.
Cada uno ha hecho con su vida
lo que buenamente ha podido.

No es saludable, no da bienestar
condenar con severidad
y de forma inapelable
a los otros:
cada uno de nosotros
tampoco es perfecto:
afortunadamente.

Respecto a las personas y a los seres
amados que ya se han ido,
que han muerto,
me doy permiso

para no sentirme culpable
por lo que pudo haber sido y no fue.
Hicieron lo que pudieron,
nosotros hicimos lo que pudimos
y ahora también hacemos
lo que podemos y sabemos.

Y en el fondo
de cada uno de nosotros
late la certeza
–¡sí, certeza!–
de que todo tiene sentido:
hay algo que nos engloba
a todos y que en algún momento
del cosmos o de nuestra vida
nos revelará el sentido de todo.

La vida vale la pena.

Me doy permiso para

amar intensamente
a otras personas.

Las afirmaciones que he
ido haciendo en estas páginas
no tenían otro objetivo que ése:
construirse firmemente
y poder permitirse amar.

En el fondo,
aunque pongamos límites y barreras
y aprendamos a valorarnos,
el objetivo final
es poder establecer
relaciones afectivas
y sexuales satisfactorias,
muy plenas, con otras personas.

Nadie quiere pasarse la vida
como un ser quejumbroso
que anda lamentándose
y pidiendo que
le den un poco de amor,
como si le dieran una limosna.
Nadie quiere eso de verdad.

Queremos ser amados,
muy amados y deseados.
Pero también tenemos
una enorme
capacidad de amar
y disfrutar
con el disfrutar de los otros:
no solamente sabemos pedir,
sabemos dar.
Y queremos.

¿Quién no ha sentido
muchas noches o días
esa necesidad de tener gestos,
actitudes,
actitudes cordiales,
generosas,
audaces y apasionadamente tiernas
o pasionalmente sexuales?

Casi todos lo hemos sentido.

Se trata de cambiar la actitud
de demanda y carencia
por una actitud
de vital enamoramiento: enamorados
del hecho de estar vivos y respirantes,
y poder autoapreciarnos
y apreciar a los otros.

Hay quien siempre ve la "botella"
medio vacía,
pero yo prefiero ver "la botella"
medio llena.
La vida me ofrece mucho,
y yo también tengo mucho
que ofrecer
a la vida,
a los que me rodean.

85

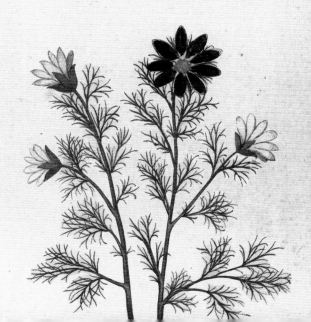

Me permito

ser generoso:
y elijo con qué personas lo soy.

Cada vez son más numerosas
las personas que no saben mantener
el equilibrio entre el dar y el recibir:
cada vez son más
los que lo quieren todo
para sí mismos.
Y entran en el juego de amontonar,
acumular, vivir empachados.

Me siento mejor cuando
mi dar y recibir están equilibrados.
Pero aún así, es más saludable
dar un poco más que recibir más:
el sabio se vacía, los necios se llenan.

Vivimos en una civilización de "obesos":
atiborrados de casi todo
para intentar llenar carencias.
Carencias que solamente tienen

una solución liberadora: asumirlas,
experimentarlas con toda su dolorosa
intensidad y dejarlas ir para siempre.
Desprenderse, dejar ir:
¡qué sensación de aligeramiento
el concluir lo pasado
y cancelar las cargas!

Comenzar luego a vivir,
aligerado de los miedos y angustias
que esas carencias nos han estado
provocando
consciente e inconscientemente.

Decido conocerme,
permitirme los silencios,
dejar que emerjan los miedos
y dejar que se desvanezcan
ya por siempre.
A partir de cada uno
de esos momentos de no huir,
mi vida se expande
y soy mucho más capaz de explorar

y de conseguir la abundancia
que caracteriza a este mundo.

Cada vez que hago frente
a uno de mis miedos
en vez de buscarme una huida fácil,
salgo fortalecido.

Epílogo

En el fondo
las cosas
son bastante más simples
de lo que parecen…
solamente que,
en nuestra civilización,
los occidentales
nos hemos esforzado
con tenacidad
en complicarlas
y en complicarnos la vida
innecesariamente.

De lo que se trata
–lo básico que hay que comprender–
es que la vida es un bello juego,
un juego ligero, leve,
y no una travesía costosa
que se va arrastrando pesada
por un valle de lágrimas.

La vida,
considerada incluso
desde un punto de vista propio
del cosmos, es un proceso expansivo.
Y la expansión es, humanamente,
expresión de bienestar y gozo.

Las recientes investigaciones
respecto a las respuestas
de los árboles y plantas,
indican que se expanden
en situaciones propicias,
no agresivas, y que,
por el contrario, llegan incluso
a encogerse a ojos vista cuando
se les aproximan repetidamente
personas que han podido
golpearlas previamente, agredirlas.
Incluso las plantas reaccionan así.

Los seres humanos
tampoco hemos nacido
para provocarnos contracturas

musculares
ni "contracturas" emocionales:
contraerse es lo opuesto a la vida,
que es un proceso de apertura,
de esponjamiento y bienestar,
de respirar hondo.
Pero sobre todo de espirar
plena y confiadamente.

Ese proceso de expansión personal
nos resultará mucho más fácil
si sabemos ponernos límites
a nosotros mismos
y también poner límites a los demás:
límites que sirvan para no excedernos
en el trabajo, para permitirnos
el descanso y la serenidad,
para no abrumarnos nosotros mismos
con situaciones estresantes,
para apartar –con la mayor economía
de medios posible– a las personas
que sabemos que nos perjudican.

Algunas de las enfermedades
que se están extendiendo rápidamente,
como la anorexia o la bulimia
y bastantes casos de obesidad,
tienen un alto componente
psicológico –junto con el corporal–
que es muy claro:
se trata de una falta de límites.

El joven o la joven que nunca
se ven suficientemente delgados
aunque se hayan quedado en los
puros huesos, o las mujeres y hombres
con tanta frecuencia desasosegados
y ansiosos en su vida cotidiana
por no conseguir
ser bastante "perfectos".

Se autotorturan de esa forma porque
no saben establecer límites.
No saben decir "¡basta!" a tantas
exigencias externas e internas.

Todos esos límites –saludables–
no son lo contrario del proceso
expansivo que es la vida
sino que la hacen más fácil y posible,
más gozosa y sin cargas innecesarias:
sin tanta exigencia agotadora.

¿No recordáis que los juegos
que jugábamos cuando éramos niños
nos divertían hasta las carcajadas
incontrolables porque habían normas,
es decir, límites?

Las normas no impiden el juego
sino lo contrario: lo hacen posible
y más apasionante porque estimulan
el ingenio. Sin normas la vida tampoco
es soportable ya que entramos en
una situación de arbitrariedad
enloquecedora.
Las normas son necesarias incluso
para transgredirlas.

El límite implica, además
y necesariamente, algo muy bello:
el contacto.
Las personas que con mayor
suavidad y firmeza saben poner límites
son las que, espontánea
y casi inevitablemente, establecen
mejores y más contactos con los otros.
Porque límite y contacto son las dos
caras de una misma moneda:
la expansión de la vida.

De eso trataban estas páginas.

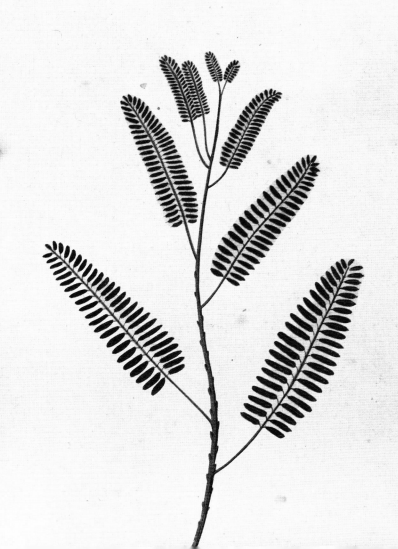

Reconocimientos

A Linda Jent y Malén Cirerol
mis dos maestras
que, con sus actitudes respetuosas
y su sabiduría emocional,
deshicieron
el hechizo enfermante
de las figuras de autoridad
de mi infancia.
Subrayo mi reconocimiento
hacia Malén Cirerol,
por su calidad
profesional y humana.

A Milana Argente, que vivió y
se movió siempre desde el hara
con un ritmo interior inabordable.

A Pilar Caballero, Jesús Álvarez,
Jesús Muñoz, Manolo Climent y
Rosa Masdéu.

A María Serra: de manera especial.

A Carmen Calatayud,
intuitiva médico y amiga.

A Rosa Serra, Marta Rovira,
Marta Ruescas y Enrique Iborra
por los afectuosos cuidados puestos
en el diseño, la maqueta
y la elaboración de la cubierta
de esta edición.

A mi editor, Juli Peradejordi,
que desde el principio
apreció generosamente
las ideas de esta obra.

93

La Diafreo es una terapia que
basándose en los descubrimientos
de la fisioterapeuta Françoise Mézières
sobre las deformaciones corporales
y las funciones del diafragma
y la respiración,
ha incorporado los puntos de vista
de Wilhelm Reich y Alexander Lowen:
de lo que se trata es de volver a colocar
todas las partes del cuerpo en su eje,
estirar todo la musculatura acortada
que nos oprime
y permitir que vuelva a fluir la energía
por todo el cuerpo,

reconciliándonos
con las emociones ocultas
que las rigideces y contracturas
han estado escondiendo.
En suma: volver a ser el organismo
complejo, ligero y libre que somos,
descargándonos de las fatigas y miedos
innecesarios que nuestra civilización
ha impuesto.

Abrir...
soltar la respiración...
dejar ir los miedos...

¡Vivir!